AF563800

Cet Ouvrage, du format & dans le goût de l'*Abrégé Chronologique du Président Hénault*, a deux parties de 19 feuilles chacune ; la première contenant le *Catalogue Cronologique*, la seconde, le *Catalogue Alphabétique*, suivi des parties accessoires, annoncées sur le frontispice ; ces 38 feuilles sont de caractères Philosophie, Petit-Romain, Gaillarde, Petit-Texte & Nompareille pour les pages à quatre colonnes, & qui sont en grand nombre. Les deux parties, brochées, se vendent 7 liv. 4 sols.

CATALOGUE CHRONOLOGIQUE DES LIBRAIRES ET DES LIBRAIRES-IMPRIMEURS DE PARIS,

Depuis l'an 1470, époque de l'établissement de l'Imprimerie dans cette Capitale jusqu'à présent :

On y a joint

I°. Le Catalogue des mêmes Libraires, *&c.* disposé par ordre alphabétique des noms propres.

II°. Le Catalogue des mêmes Libraires, *&c.* disposé par ordre alphabétique des noms de baptême.

III°. Le Tableau des XXXVI Imprimeurs de Paris, avec la chronologie de leurs prédécesseurs, en remontant à l'Edit de *1686*, qui les fixe à ce nombre.

IV°. La Notice Chronologique des Libraires, Libraires-Imprimeurs, & des Artistes qui se sont occupés, à Paris, de la Gravure & de la Fonte des Caractères Typographiques, depuis l'établissement de l'Imprimerie dans la Capitale, jusqu'à présent.

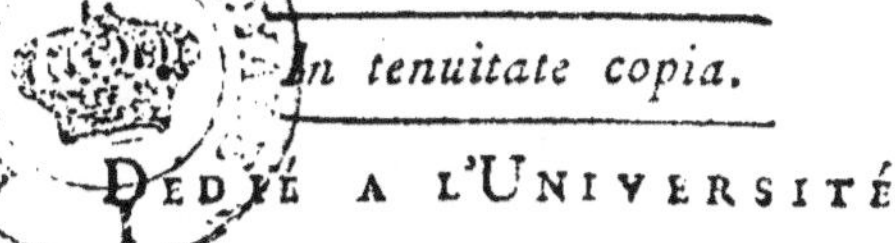

In tenuitate copia.

Dédié a l'Université.

A PARIS,

Chez *Jean-Roch* Lottin de S. Germain, Imprimeur-Libraire Ordinaire de la Ville, rue S. André-des-Arcs, N° 27.

M. DCC. LXXXIX.

Avec Approbation, et Privilège du Roi.

PROSPECTUS.

C'EST ici un Ouvrage dont le ſervice public a été le ſeul but, & qui n'offre à l'amour-propre de l'Auteur d'autre jouiſſance, que le ſentiment d'avoir rendu un bon office à ſes Concitoyens. Nulle dépenſe d'eſprit pour cett compilation : nulle preuve de talent & de génie ; il n'y a fallu que de la patience.

Nous pouvons donc annoncer, ſans craindre d'être taxés d'orgueil, qu'en ſe ſervant de notre Catalogue, on en reconnoîtra de jour en jour l'avantage.

Il aura de quoi ſatisfaire toutes les Familles de l Librairie & Imprimerie de Paris, qui aimeront à y trouver la ſuite de leurs Ayeux, & les différentes branches de leurs Généalogies.

Il offrira ce même agrément à pluſieurs autres Familles du Royaume, qui ont pris leur origine dans la Librairie & Imprimerie de la Capitale.

Il ſera d'un ſervice journalier pour les Bibliophiles & les Bibliothécaires, comme pour les Libraires qui s'adonnent au Commerce ſçavant de l'ancienne Librairie en ce qu'il les aidera tous à diſtinguer le véritable Imprimeur ou Libraire qui a rendu public tel ou tel Ouvrage.

Rien n'a été négligé de notre part, dans le déſir de voir cet Indice devenir agréable, utile, quelquefois même néceſſaire.

Il forme trois *Parties* ; de chacune desquelles nous allons rendre compte.

LA première *Partie* renferme le *CATALOGUE CHRONOLOGIQUE des Libraires & des Libraires-Imprimeurs de Paris, depuis l'an* 1470, *époque de l'établissement de l'Imprimerie dans cette Capitale, jusqu'à présent.*

On y trouve la date précise à laquelle chaque Libraire & chaque Imprimeur se sont fait connoître au Public sous l'une de ces deux qualités.

Pour atteindre à la plus grande exactitude dans cette chronologie, il a fallu recourir à trois espèces de sources.

La Caille, Chevillier, Maittaire, Marchand & les meilleurs Catalogues de Bibliothéques ont aidé à découvrir (par les Impressions faites depuis 1470 jusqu'en 1582) les noms des Imprimeurs & des Libraires de Paris, pendant cet espace de 112 ans.

Depuis 1582 jusqu'en 1618 (espace de 36 ans) les Noms ont été fournis par le Registre intitulé : *Livre de la Confrerie* (c'est-à-dire *Communauté*) dans lequel se trouve porté, jour par jour, le paiement que chaque Membre du Corps venoit faire pour l'ouverture de sa Boutique, conformément à l'Ordonnance de Louis XI, du mois de Juin 1467 (1).

(1) Cette Ordonnance porte qu'*il sera fait une levée de quatre sols Parisis (outre & par dessus des douze deniers Parisis) sur ceux qui seront*

Enfin les Regiſtres de la Chambre Syndicale, tenus exactement, depuis le Réglement du 9 Juillet 1618, nous ont fait connoître, juſqu'à la préſente année 1788, chaque Membre de la Compagnie, pour ce dernier eſpace de 170 années.

Notre Catalogue contient donc les noms de tous les Libraires & Libraires-Imprimeurs, pendant 318 ans, c'eſt-à-dire à compter du moment où la Librairie paſſa des mains des Ecrivains en celle des Typographes; & leur nombre monte à plus de quatre mille, en y comprenant les Veuves.

Afin que l'ordre chronologique ſe fît mieux ſentir dans une telle *Nomenclature*, j'ai cru devoir la diviſer par Siécle, par Régne de nos Rois, & enfin par Syndicat (2). D'ailleurs ce ſont autant de repos pour quiconque voudroit lire de ſuite cette première *Partie*, fatigante par ſa longueur.

La Caille, qui a le mérite d'être notre premier Hiſtorien, n'a pu donner qu'une Liſte imparfaite & défectueuſe, même juſqu'à ſon temps; parce

---

dorénavant créés Libraires, Ecrivains, Enlumineurs, Relieurs de Livres, & Parcheminiers; ſur ceux qui voudront tenir OUVROIR *avant qu'ils puiſſent tenir icelui, & qu'ils ſoient en la dite Confrérie, vingt-quatre ſols Pariſis; ſur les nouveaux Apprentifs, huit ſols Pariſis; & ſur chaque Homme & Ouvrier deſdits états, douze deniers par ſemaine; pour leſdites ſommes être employées au ſervice de ladite Confrérie, & aux dépenſes & affaires d'iceux Confrères.*

Il eſt fâcheux que le Volume qui contenoit la chronologie des Membres de ces divers états, reçus depuis 1467 juſqu'en 1582, n'exiſte plus. Une Nomenclature de 115 années conſécutives, & qui eût précédé de deux à trois ans l'établiſſement de l'Imprimerie à Paris, auroit été d'un grand ſecours pour un Ouvage tel que celui-ci.

(2) A la ſuite de chaque Syndic, ſont énoncés ſes Adjoints.

qu'il a manqué de différens ſecours, qui n'ont exiſté que depuis ſon Ouvrage (3).

Il y a ſeulement lieu de s'étonner que ce laborieux Libraire n'ait pas fait uſage du Livre de la Confrairie, qui étoit ſous ſa main, comme l'étoient les Regiſtres de la Chambre Syndicale où il a puiſé.

Je ne m'appeſantirai pas ſur les inexactitudes dont fourmille ſon *Hiſtoire* : parodiant la penſée de Corneille ſur Richelieu, j'avouerai, de bonne-foi, que La Caille m'a cauſé trop de peines, pour en dire du bien, & qu'il m'a été trop utile, pour en dire du mal.

En travaillant à compléter ſa Nomenclature, & à la continuer juſqu'au temps actuel, un des objets vers leſquels j'ai ſpécialement dirigé mes recherches, ç'a été de donner de nos VEUVES l'indication la plus exacte. Les Veuves ſont une portion précieuſe de toute Compagnie. Comment en effet ne pas conſidérer des Femmes qui, ſans être découragées par la perte de leur Mari, continuent les entrepriſes du Commerce, ſouvent les augmentent, pour procurer à leurs Enfans des établiſſemens avantageux ? En jettant un coup d'œil ſur celles qui vivent parmi nous, je dirois, mais d'une manière moins reſtreinte que Boileau :

Sans doute ; &, dans Paris, ſi je ſçais bien compter,
Il en eſt plus que *trois que je pourrois citer* ;

(3) *Hiſtoire de l'Imprimerie & de la Librairie, où l'on voit ſon origine & ſon progrès* juſqu'en 1689. Paris, Jean de la Caille 1689, *in-4°.*

mais, en nous reportant à celles qui n'existent plus, combien de ces Veuves estimables j'aurois à présenter ici, comme dignes d'être offertes pour Modéles (4)! On pourra les remarquer dans notre Liste, sous leurs époques particulières (5).

Je reviens à la première Partie de mon travail.

(4) Dans le nombre, je vais en choisir deux, que je prends à plus de deux siécles l'une de l'autre.

La première est *Charlotte* GUILLARD, femme de *Bertholde* REMBOLT, en 1res nôces, &, en secondes, de *Claude* CHEVALLON. Cette digne femme exerça la profession typographique pendant 54 ans, (de 1502 à 1556) dont 38 avec ses deux maris, & 16 dans ses deux temps de viduité. On a remarqué que, pendant son second veuvage, qui fut de 14 ans, elle imprima presque deux fois tous les Pères de l'Eglise. Son éloge, dans La Caille & Chevillier, inspire le plus vif intérêt.

La seconde Veuve, que je me plais à citer, est *Marie-Anne* GUYARD, Veuve de *Jacques* I. ESTIENNE, Libraire du commencement de ce Siécle. Elle vécut 35 ans dans le commerce de Librairie, dont 13 avec son mari, & 22 en viduité. A l'époque où elle devint veuve, elle avoit cinq Enfans, dont l'aîné étoit une Fille, à peine âgée de douze ans. Elle continua les Entreprises de son mari, étendit son commerce, & donna à tous ses Enfans la véritable éducation, celle qui persuade & gagne les cœurs. Son fonds n'étoit composé que de Livres dignes de l'enseigne qu'ils portoient, *La Vertu*. Liée avec les Gaichiés, les Duguet, les Rollin, les Massillon, les d'Asfeld, les Crévier, elle inspira à ceux d'entre ses Enfans qui se sont donnés à la Librairie, le goût du commerce des Livres solides qu'elle avoit adopté, & leur procura à tous des Etablissemens honnêtes.

(5) Qu'on me permette à cet égard une observation. Il paroit singulier que, dans notre *Tableau des Libraires & des Imprimeurs* (qui depuis un siécle, s'imprime de deux en trois ans) on fasse des Veuves une classe separée, & qu'on donne à chacune la date de la réception de son mari. Cette date est toujours fausse, & (ce qui devient ridicule) peut précéder la naissance de la Veuve; un Libraire de 40 ans, pouvant épouser une Fille de 18. La vraie date de toute Veuve de Négociant est celle de la mort de son mari, lorsqu'elle se décide à en continuer le commerce. Il seroit en outre à désirer que les noms de baptême & de famille de nos Veuves précédassent ceux de leurs maris. C'est un dégré de perfection qu'il seroit facile de donner à la première édition de notre *Tableau*, si mes Réflexions étoient agréées, d'après l'application que j'en ai faite moi même dans le présent Recueil.

Pour y donner un degré d'utilité de plus, j'ai mis, au commencement de chaque Régne, le Tableau des Magistrats qui ont toujours été les Juges & les Protecteurs de la Librairie & Imprimerie de Paris. Ainsi, sous les titres du *Conseil*, du *Parlement*, du *Châtelet* & de l'*Université*, on trouve la chronologie très-exacte, depuis 1470 :

I° Des Chanceliers & des Gardes-des-Sceaux ;

II° Des Premiers-Présidens, Procureurs & Avocats-Généraux;

III° Des Lieutenans-Civils, de Police, Criminels, & Procureurs du Roi ;

IV° Enfin des Recteurs de l'Université, qui toujours ont jugé la capacité de ceux qui se présentent pour être Libraires, & reçu leur serment avant qu'ils puissent exercer.

A la suite des Chanceliers & des Gardes-des-Sceaux j'ai placé, 1° les Conseillers-d'Etat & Maîtres-des-Requêtes, composant le Bureau des Commissaires du Conseil pour les Affaires de Chancellerie & de Librairie, depuis 1717. 2° Les Directeurs Généraux de la Librairie & Imprimerie de France, depuis 1672. 3° Les Secrétaires Généraux de la Librairie & Imprimerie de France, depuis 1737. 4° Les Censeurs Royaux, depuis 1742. 5° Les Inspecteurs de la Librairie & Imprimerie de Paris, depuis 1737. 6° Les Secrétaires du Roi, pour la collation des Lettres de Privilége, & Lettres du Sceau accordées aux Livres, depuis 1688. 7° Enfin les

Officiers de la Communauté, depuis cinquante ans environ (6).

J'aurois vivement désiré pouvoir remonter plus haut que je ne l'ai fait ; mais les indications ont échappé à mes recherches : celui qui reprendra mon Ouvrage, sera peut-être plus heureux.

Je dois à M. DUVAL le père, Conseiller au Châtelet, la chronologie de tous les Officiers supérieurs de sa Jurisdiction ; objet sur lequel ce digne Magistrat a fait un travail immense. Il a bien voulu m'ouvrir ses précieux Porte-feuilles, qui seuls pouvoient me guider pour cet Article.

César-Egasse du Boullai, qui a écrit en latin l'Histoire de l'Université de Paris, m'a fourni la suite non interrompue des Recteurs, depuis 1470 jusqu'à 1600. Mais, son Histoire finissant à cette époque, je ne pouvois plus que recourir au Greffe de l'Université ; & c'est à l'honnêteté & à la patience de feû M. d'Arragon, qui l'occupoit alors, que je dois la Liste des Recteurs, depuis l'an 1600, comme je le dis *page* 59 de la Iere *Partie* (7).

(6) MM. les Avocats aux Conseils, depuis 1748, — Commissaires au Châtelet, depuis 1751, — Notaires, depuis 1730 ; & Procureurs au Châtelet depuis 1751.

(7) Quelle a été ma surprise, en finissant mes Recherches dans du Boullai, & les repottant sur l'*Histoire de l'Université* par Crévier, de ne pas trouver, dans cette dernière, la chronologie des Recteurs : « Autant vaudroit-il, me suis-je dit, une *Histoire Romaine*, sans la » chronologie des Consuls ». En général cette Histoire est judicieusement écrite ; mais j'y ai remarqué avec déplaisir le soin continuel que se donne l'Historien de relever jusqu'au moindre acte de jurisdiction, exercé sur les Libraires par l'Université ; comme si la Librairie de Paris avoit jamais tenté de méconnoître ce droit ? Ce sont

J'ai laiffé en latin la colonne des Recteurs. L'Univerfité ayant été dans l'ufage jufqu'à l'an 1569 (comme je le dis, *page* 41, Iere *Partie*) de latinifer les noms propres, comment aurois-je habillé à la Françoife, Meffieurs *Allenfis*, *Calmus*, *Citharædus*, *Faber*, *à Fonfecâ*, *Gemelli*, *Crinelli*, *Militis*, *de Monafterio*, *Parvi*, *Pegus*, *Ruffi*, *Simonis*, *Soris*, *Sudoris*, *Veteris* &c.?

MM. Les Officiers de la Chambre Syndicale, malgré leurs occupations multipliées, ont bien voulu vérifier avec foin toute cette première *Partie*: c'eft une fûre garantie de fon exactitude.

LA deuxième *Partie* préfente le *CATALOGUE ALPHABÉTIQUE*, *par les NOMS PROPRES*, *des Libraires & des Libraires-Imprimeurs de Paris*, *depuis la même époque de* 1470, *jufqu'aujourd'hui.*

Cette *Partie* pourra offrir, dans fes détails, quelque avantage fur la première.

I° Elle réunit, fous un même coup d'œil, les Membres épars des diverfes Familles. Si les unes, après avoir refté des fiécles dans la Librairie, ont brillé & brillent aujourd'hui dans les différens Ordres de l'Etat (8), d'autres, en participant à la

d'ailleurs les actes de févérité que l'Hiftorien produit avec le plus de complaifance; comme s'il n'étoit pas tout naturel que cet illuftre Corps, qui, dans l'occafion, n'a point épargné fes propres Membres, fe foit élevé contre quelques Libraires en faute? L'affectation de M. Crévier fur ce point eft d'autant plus déplacée, que, s'il a brillé dans l'Univerfité, il a eu pour berceau la Librairie de Paris.

(8) Telles font les Familles Orry, Morel, Hénault, Béchet, Léonard, Dézalier, Thierry, Mariette, &c. encore fubfiftantes, foit par le côté paternel, foit par le côté maternel.

même antiquité, ſont encore exiſtantes dans notre Corps, par les Rejettons qui les y perpétuent (9).

II° Chaque Individu des Familles éteintes, eſt préſenté ici avec les principales époques de ſa vie.

A la ſuite de l'époque à laquelle il a appartenu au Corps, j'ai raſſemblé (autant que les recherches ont été heureuſes) la date & le lieu de ſa naiſſance, ſa filiation, ſes alliances, les diſtinctions qu'il a reçues, ſoit dans le ſein du Corps, ſoit au dehors; ſa demeure, ſa marque, ſon enſeigne, l'indication de ſon Portrait gravé; enfin la date, ſoit de ſa mort,

(9) C'eſt avec une ſatisfaction particulière que la Librairie & Imprimerie de Paris, qui n'eſt compoſée à la fois que d'environ 200 Membres, peut en ce moment compter 27 Familles, dont l'exiſtence dans le Corps remonte de 100 à 250 années. Tels ſont les

Dupuis, qui datent de l'an.	1539
Thibouſt.	1544
Ballard (*)	1551
Martin.	1573
Nyon.	1580
Gueſſier.	1582
Lottin l'aîné, le jeune & le fils de l'aîné, Ve *Pierres*, & fils, *Butard*, *Morin* & *Onfroy*, par le côté maternel des *Le Mercier*.	1589
Saugrain.	1596
Barrois.	1606
Muſier.	1610
Guenard de Monville, par le côté maternel des *Brunet*.	1614
Dehanſy.	1621
Cavelier, qui datent de	1626
Le Gras.	1629
Clouſier.	1631
D'Houry.	1649
Deſprez.	1651
Hériſſant, du 5 Février. *Knaper* (par le côté mat. des *Négo*) du 5 Mars.	1654
De Bure du 11 Mars. *Quillau* du 15 Juillet.	1660
Leſclapart.	1662
Chardon.	1666
Fétil.	1679
Jombert.	1686
Leclerc.	1687
Robuſtel.	1689

(*) Voici le neuviéme Souverain que ſert la Famille *Ballard*, en qualité de *Seul Imprimeur du Roi pour la Muſique*. Les Lettres-Patentes qui confèrent cette Charge à *Robert* Ier du nom, ſont du 16 Février 1552; & M. *Pierre-Robert Chriſtophe*, vivant, eſt le ſixiéme Deſcendant de ce *Robert* Ier: tout cela dans l'eſpace de 237 ans. J'ai peine à croire que les Corps de Négocians de cette Capitale puſſent exhiber un pareil exemple de vétérance.

ſoit de ſa ceſſation, ou abdication du Commerce, & le lieu de ſa ſépulture.

Chaque Individu vivant eſt préſenté avec les mêmes détails, aux éloges près, qui ne ſont tolérables que pour les Morts.

Pour donner à cette *Partie* tout l'intérêt dont elle étoit ſuſceptible, il m'a fallu compulſer *Dictionnaires-hiſtoriques*, *Journaux*, *Mémoires*, *Mèlanges* & *Anecdotes Litteraires*, *Factums*; en un mot, tout ce qui pouvoit me conduire à connoître, ſous leurs différens rapports, les Membres de notre Compagnie dès ſon berceau (10).

Sur tous ces acceſſoires, qui ſont du reſſort d'une ſaine Critique, j'ai à témoigner publiquement combien je dois à M. BEAUCOUSIN, Avocat au Parlement, Homme de Loix & Homme de Lettres, qu'on ne quitte jamais, après l'avoir conſulté, ſans en remporter plus de connoiſſances ou plus de goût.

Quant aux dates des décès, outre les ſecours que j'ai trouvés chez la Caille, j'ai conſulté la *Chronologie des Curés de S.-Benoît* (11), la Préface

(10) J'ai conſulté juſqu'à ces papiers fugitifs, tels que Billets de Naiſſance, de Mariage, de Mort, &c. qu'on n'eſtime guères que comme piéces du moment, & qui toutefois aſſûrent la chaîne des généalogies. Quelques uns de ces détails peuvent être regardés comme puérils. Cependant, ſi La Caille ne les eût pas négligés, il y a un ſiécle, il auroit conſervé, ſur pluſieurs Individus, des preuves d'exiſtence, qui ſeroient précieuſes aujourd'hui pour bien des Familles.

(11) C'eſt l'Ouvrage de feû M. Jean *Bruté*, Curé de cette Paroiſſe (du 16 Novembre 1734 au 29 Mai 1762). M. l'Abbé *BROCAS*, digne ſucceſſeur de M. Bruté, rendroit un ſervice eſſentiel à la Librairie de Paris, dans le ſein de la quelle il eſt né, s'il nous redonnoit la

du *Propre* de l'Eglise de *S.-Hilaire*, & le *Martyrologe*, ainsi qu'une partie des *Archives* de l'Eglise de *S.-Severin*, trois Paroisses auxquelles a été affectée la majeure partie du Corps de la Librairie & Imprimerie, sur-tout dans les premiers temps; l'Université ne souffrant pas alors que les Libraires sortissent de son territoire, afin de faciliter son inspection sur leur Commerce.

Pour les temps récens, les *Petites Affiches* & le *Journal de Paris* m'ont aussi fourni des indications, depuis leur origine (12).

LA troisiéme *Partie* contient le *CATALOGUE ALPHABÉTIQUE, par les NOMS DE BAPTÊME, des Libraires & des Libraires-Imprimeurs de Paris, depuis notre époque de l'an* 1470, *jusqu'à ce jour.*

Celui qui me retravaillera, ne regardera pas cette *Partie* comme un objet futile. Un Catalogue *Patronimique* m'auroit singuliérement aidé, quand j'ai eu à déchiffrer des noms propres dans des Ecritures, presqu'illisibles, des XVIe & XVIIe Siécles.

En parcourant cette Liste, on ne pourra s'empêcher de voir un abus commun à presque toutes les classes de l'Etat; c'est la complaisance, je dirois presque l'obstination à donner le même nom de baptême

---

seconde Partie de cet Ouvrage, dans laquelle il auroit à corriger plus d'une inexactitude, & à suppléer des omissions importantes.

(12) Les *Petites-Affiches*, depuis le 22 Février 1745: le *Journal* depuis le 1er Janvier 1777.

aux Enfans qui ſortent de la même ſouche (13).

Ce devroit être un droit réſervé aux Souverains, de faire porter leur nom de baptême à leur Lignée en directe : la vie de chacun d'eux, conſignée dans le grand Livre de l'Hiſtoire, empêche qu'on ne les confonde; & d'ailleurs une addition numérique ſe trouve toujours inhérente au même nom, pour diſtinguer chaque Rejetton qui l'a porté. Mais la claſſe des Particuliers ne peut jouir de ce privilége, pour échapper à la confuſion.

VOILA le compte que j'avois à rendre des trois *Parties* de mon Ouvrage, & qui forment un triple point de vue, ſous lequel ma Notice s'offrira ſucceſſivement aux yeux, pour être plus facilement, comme plus utilement conſultée.

Je puis donc réclamer, à titre de juſtice, l'indulgence de mes Lecteurs, pour les inexactitudes qui ont du m'échapper dans un travail ſi long & ſi minutieux. On voit que j'ai eu à y ſuivre &, pour ainſi dire, à y étudier plus de quatre mille Individus : à appliquer les vrais noms de baptême; à fixer l'orthographe des noms-propres, &c. &c. recherches d'autant plus pénibles, qu'il s'en faut bien que les ſources où j'ai puiſé fuſſent exemptes d'erreur. Nos

(13) C'eſt ainſi que, dans l'eſpace de 140 ans, on rencontre *ſix* ESTIENNES portant le nom de *Henri*, dont pluſieurs ſe ſont trouvés contemporains : auſſi aucun des Hiſtoriens des *Eſtiennes* ne s'eſt-il garanti de la confuſion; elle étoit preſqu'inévitable.

Regiſtres mêmes & nos anciens Tableaux ne ſont pas ſans quelques déſectuoſités.

D'après des difficultés ſi multipliées, ſerois-je aſſez préſomptueux pour croire avoir atteint la perfection ? Non ſans doute : elle eſt entre les mains de mes Survivans : eux ſeuls peuvent ſe la promettre, ſi chacun veut y contribuer pour ſa part ; & les moyens exiſtent : en voici quelques-uns.

I° Les Libraires qui s'adonnent à la Librairie ancienne (branche de commerce qui exige tant d'application & de connoiſſance dans les Langues, les Sciences & les Arts) pourroient, dans les Catalogues des Bibliothéques à vendre, accorder une faveur ſpéciale à la Librairie & Imprimerie de Paris, par une indication exacte des noms de baptême & de famille de chaque Libraire & Imprimeur, comme de ſa demeure & de ſon enſeigne (14).

II° Les Libraires & Imprimeurs pourroient veiller plus particulièrement à ces mêmes déſignations, pour les Livres qu'ils mettent en vente.

Dans l'énorme quantité de Volumes qu'il m'a fallu ouvrir, j'ai remarqué une inſouciance habituelle ſur l'expreſſion des noms de baptême ; une affectation à prendre les qualités de *père*, de *fils*, de *petit-fils*, de *neveu* ; &, plus récemment, une ſimple indication de local, deſtituée de noms propres.

(14) MM. *De Bure*, l'aîné, & *Née de la Rochelle* ont déja donné, dans pluſieurs Catalogues, l'exemple de cette attention, pour les Libraires du premier Siécle de l'Imprimerie.

En agir ainſi, c'eſt parler à ſes Contemporains; mais ce n'eſt pas inſtruire la Poſtérité, qui, au bout d'un certain laps de temps, ne peut reconnoître les défunts que par les noms de baptême.

Qu'on me permette de le dire, pour exciter de plus en plus l'émulation dans notre état : S'il eſt des noms deſtinés à ne périr jamais, ce ſont ceux des Libraires & des Imprimeurs. Quelques-uns ont acquis ce droit par leur propre mérite, comme nos Eſtiennes, nos Morels, nos Turnébe : quelques autres par leur belle exécution Typographique, tels que nos Vaſcoſan, nos De Harſy, nos Vitré, nos Léonard, nos Guérin, nos Coignard : ceux-là, par l'importance de leurs entrepriſes, par exemple lorſqu'ils ont formé des *Compagnies* pour des Editions de Pères Grecs, de Pères Latins, de Livres de Juriſprudence, de Livres Liturgiques, & autres grands corps d'Ouvrages : ceux-ci enfin, par leur profonde connoiſſance des Livres, leur intelligence dans la confection des Catalogues; tels que les ont rédigés, depuis un ſiécle, nos Boudot, nos Moëtes, nos Martin, nos Guérin, nos Barrois, nos De Bure.

Mais un privilége commun à tous les autres, c'eſt qu'il n'y a pas un ſeul Ecrivain qui, en s'immortaliſant, n'introduiſe avec lui dans le Temple de Mémoire ſon Imprimeur & ſon Libraire, ne fût-ce que ſous le titre de Pages-d'honneur : comme on voit les noms des Secrétaires-d'Etat de Souverains, paſſer à la Poſtérité, avec les Piéces authentiques qu'ils ont contre-ſignées.

Chacun de nous doit donc veiller à tranſmettre fidélement aux derniers Ages les caractères diſtinctifs de ſon exiſtence, qui ſe trouve ſi intimement liée à l'hiſtoire de la Littérature nationale.

Quant à MM. les Officiers de notre Chambre Syndicale, honorés par le choix que le Corps a fait d'eux, & qui l'honorent à leur tour par leur vigilance active ſur les intérêts communs, s'ils ont un motif particulier pour affectionner nos Annales, ils ont auſſi un moyen tout-à-fait ſimple pour les perpétuer; c'eſt de vouloir bien continuer avec exactitude & le Tableau des Membres vivans de la Compagnie, & le Billet de Service annuel pour les Confrères morts dans l'année. Ce ſeul Billet, dont l'origine date du Syndicat de feû Mr J.-Th. Hériſſant, vaudroit l'hiſtoire de la Librairie & Imprimerie de Paris, ſi le premier de tous nos Syndics l'eût imaginé.

Il ne me reſte plus qu'un vœu à former, c'eſt que, dans chacune des Provinces de France (15), un Libraire zèlé entreprenne, pour ſa Ville, ce que j'ai tenté pour la mienne.

(15) On doit ſur-tout eſpérer de voir ce vœu ſe réaliſer dans les Villes qui ont une Chambre-Syndicale : ſçavoir, *Amiens*, *Angers*, *Beſançon*, *Bordeaux*, *Caen*, *Chalons-ſur-Marne*, *Dijon*, *Lille*, *Lyon*, *Marſeille*, *Mets*, *Montpellier*, *Nancy*, *Nantes*, *Nîmes*, *Orléans*, *Poitiers*, *Reims*, *Rennes*, *Rouen*, *Toulouſe*. Si l'entrepriſe s'exécutoit avec quelque ſoin, que de lumières pour l'Hiſtoire Bibliographique & Typographique de la France!

JE me croyois au terme de mon travail, lorſque celui de M. DE LA RUE, Notaire, m'eſt tombé ſous les yeux. Le Volume où cet Officier raſſemble la chronologie des 113 Notaires de Paris, depuis le XVᵉ Siécle juſqu'à préſent (16), m'a fait naître l'idée de préſenter le Tableau des 36 Imprimeurs de cette Capitale, actuellement exerçans; avec la chronologie de leurs Devanciers, en remontant à l'année 1686, époque où ils furent fixés à ce nombre, par Edit du Roi (17).

ENFIN, pour donner à mon petit Ouvrage ſon dernier complément, j'ai vu qu'il me reſtoit à indiquer ceux qui ſe ſont occupés de la Gravure & de la Fonte des Caractères, depuis l'établiſſement de l'Imprimerie à Paris. Ces Artiſtes méritoient bien une mention; car, ſans Types, point de Typographie.

J'ai donc donné une *Notice chronologique* des 82 Graveurs & Fondeurs que m'ont fournis l'*Hiſtoire* de La Caille, le *Manuel Typographique* de Fournier le jeune, & les *Tableaux des Libraires-Imprimeurs*.

(16) Il a pour titre : « Regiſtre des Offices & Pratiques des Conſeillers du Roi, Notaires, Garde-Notes & Gardes-Scel de S. M. au » Châtelet de Paris, précédé de la Liſte des 113 Notaires en exercice » au 1er Février 1786, & ſuivi d'une Table Alphabétique; Par M. » De la Rue, Notaire Délégué & ancien Syndic : aux dépens de la » Compagnie des Notaires. A Paris, de l'Imprimerie de Monſieur, 1786. »

Cet Ouvrage eſt digne de tout éloge, pour le travail du Rédacteur & celui de l'Imprimeur (M. Didot le jeune). Le mal eſt, qu'il n'entrera point dans le Commerce : chaque Exemplaire (d'après le vœu de la Compagnie, qui en a ordonné la dépenſe) devant ſuivre l'Office, & non le Titulaire.

(17) Ce Tableau préſente, en 36 Colonnes renfermées dans 11 pages, le nombre de 150 Imprimeurs, que les ſucceſſions ou mutations ont produits depuis l'Edit de fixation.

APPROBATION du Censeur Royal.

J'AI LU, par ordre de Monseigneur le Garde des Sceux, un Manuscrit ayant pour titre : *Catalogue chronologique des Libraires & des Libraires-Imprimeurs de Paris*, &c. *depuis l'an* 1470, *époque de l'établissement de l'Imprimerie dans cette Capitale, jusqu'à présent ;* par M. Lottin, l'aîné, Imprimeur-Libraire. Cet Ouvrage, rempli de Recherches & de Notions précieuses pour les Bibliophiles, ne peut manquer d'être très-favorablement accueilli par tout le Corps de la Librairie de Paris, qu'il intéresse d'une manière particulière. Je n'y ai rien trouvé qui doive en empêcher l'impression : A la Bibliothéque du Roi, ce 31 Décembre 1788.

Signé, l'Abbé CAPPERONNIER.

PRIVILÉGE GÊNÉRAL.

LOUIS, PAR LA GRACE DE DIEU, ROI DE FRANCE ET DE NAVARRE, A nos amés & féaux Conseillers, les Gens tenans nos Cours de Parlement, Maîtres des Requêtes ordinaires de notre Hôtel, Grand-Conseil, Prevôt de Paris, Baillifs, Sénéchaux, leurs Lieutenans Civils & autres nos Justiciers qu'il appartiendra : SALUT. Notre bien-âmé le Sieur LOTTIN, l'aîné, l'un de Nos Imprimeurs--Libraire, Nous a fait exposer qu'il désireroit faire imprimer & donner au Public un Ouvrage de sa composition, intitulé : *Catalogue des Libraires, & des Libraires-Imprimeurs depuis* 1470, *époque de l'origine de l'Imprimerie à Paris, jusqu'à la présente année* 1783, s'il Nous plaisoit lui accorder nos Lettres de Privilége à ce nécessaires. A CES CAUSES, voulant favorablement traiter l'Exposant, Nous lui avons permis & permettons, par ces Présentes, de faire imprimer ledit Ouvrage autant de fois que bon lui semblera, & de le vendre, faire vendre & débiter par tout notre Royaume. Voulons qu'il jouisse de l'effet du présent Privilége, pour lui & ses hoirs à perpétuité, pourvû qu'il ne le rétrocéde à personne ; &, si cependant il jugeoit à propos d'en faire une cession, l'Acte qui la contiendra sera enregistré en la Chambre Syndicale de Paris, à peine de nulité, tant du Privilége que de la cession ; & alors, par le fait seul de la cession enregistrée, la durée du présent Privilége sera réduite à celle de la vie de l'Exposant, ou à celle de dix années à compter de ce jour, si l'Exposant décede avant l'expiration desdites dix annéées. Le tout conformément aux articles IV & V de l'Arrêt du Conseil du 30 Août 1777, portant Réglement sur la durée des Priviléges en Librairie. FAISONS défenses à tous Imprimeurs, Libraires, & autres personnes de quelque qualité & condition qu'elles soient, d'en introduire d'impression étrangère dans aucun lieu de notre obéissance ; comme aussi d'imprimer ou faire imprimer, vendre, faire vendre, débiter, ni contrefaire ledit Ouvrage, sous quelque prétexte que ce puisse être, sans la permission expresse & par écrit dudit Exposant, ou de celui qui le représentera, à peine de saisie & de confiscation des Exemplaires contrefaits, de *six mille livres* d'amende, qui ne pourra être modérée, pour la première fois, de pareille amende & de déchéance d'état en cas de récidive, & de tous dépens, dommages & intérêts ; conformément à l'Arrêt du Conseil du 30 Août 1777, concernant les Contrefaçons. A la charge que ces Présentes seront enregistrées tout au long sur le Registre de la Communauté des Imprimeurs & Libraires de Paris, dans trois mois de la date d'icelles : que l'Impression dudit Ouvrage sera faite dans notre Royaume, & non ailleurs, en beau papier & beaux caracteres, conformément aux Réglemens de la Librairie, à peine de déchéance du présent Privilége ; qu'avant de l'exposer en vente, le Manuscrit qui aura servi de copie à l'Impression dudit Ouvrage, sera remis dans le même état où l'Approbation y aura été donnée, ès-mains de notre très-cher & féal Chevalier, Garde des Sceaux de France, le Sieur HUE DE MIROMÉNIL, Commandeur de nos Ordres ; qu'il en sera ensuite remis deux Exemplaires dans notre Bibliothéque publique, un dans celle de notre Château du Louvre, un dans celle de notre très-cher & Féal Chevalier, Chancelier de France, le Sieur DE MAUPEOU, & un dans celle dudit Sieur HUE DE MIROMÉNIL : le tout à peine de nullité des Présentes ; du contenu desquelles vous mandons & enjoignons de faire jouir ledit Exposant & ses hoirs pleinement & paisiblement, sans souffrir qu'il leur soit fait aucun trouble ou empêchement. Voulons que la copie des Présentes, qui sera imprimée tout au long, au commencement ou à la fin dudit Ouvrage, soit tenue pou dument signifiée, & qu'aux copies collationnées par l'un de nos âmés & féaux Conseillers-Secrétaires foi soit ajoutée comme à l'original. COMMANDONS au premier notre Huissier, sur ce requis, de faire, pour l'exécution d'icelle, tous Actes requis & nécessaires, sans demander autre permission, & nonobstant clameur de Haro, Charte Normande, & Lettres à ce contraires. CAR tel est notre plaisir. DONNÉ à Fontainebleau le vingt-neuviéme jour d'Octobre, l'an de Grâce mil sept-cent quatre-vingt-trois, & de notre Régne le dixiéme. Par le Roi en son Conseil.

Signé, LE BEGUE.

Registré sur le Registre XXI. *de la Chambre Royale & Syndicale des Libraires & Imprimeurs de Paris*, *N°* 3073. *fol.* 969. *conformément aux dispositions énoncées dans le présent Privilége, & à la charge de remettre à ladite Chambre les huit exemplaires prescrits par l'Article CVIII. du Réglement de* 1723. *A Paris ce* 7 *Novembre* 1783.

Signé, LE CLERC, Syndic.

www.ingramcontent.com/pod-product-compliance
Lightning Source LLC
LaVergne TN
LVHW010313230826
846091LV00007B/3137

* 9 7 8 2 3 2 9 5 6 3 3 4 3 *